# OBJETS D'ART

ET

## DE CURIOSITÉ

### DU MOYEN AGE, DE LA RENAISSANCE

ET AUTRES

# CATALOGUE

### DES

# OBJETS D'ART

### ET

## DE CURIOSITÉ

### DU MOYEN AGE, DE LA RENAISSANCE
#### ET AUTRES

## FAIENCES ITALIENNES

## IVOIRES

## ARMES — OBJETS VARIÉS

DONT LA VENTE AURA LIEU A PARIS

# HOTEL DROUOT, SALLE N° 11

## Le Mercredi 16 Mars 1910

*à deux heures*

| COMMISSAIRE-PRISEUR | EXPERTS |
|---|---|
| **Mᵉ HENRI BAUDOIN** | **MM. MANNHEIM** |
| *Successeur de M. Paul CHEVALLIER* | 7, rue Saint-Georges |
| 10, rue Grange-Batelière | PARIS |

## EXPOSITION PUBLIQUE

## Le Mardi 15 Mars 1910, de 1 h. 1/2 à 5 heures 1/2

# CONDITIONS DE LA VENTE

Elle sera faite au comptant.

Les adjudicataires paieront *dix pour cent* en sus des enchères.

Paris. — Imp. de l'Art, Ch. Berger, 41, rue de la Victoire

# DÉSIGNATION

## FAIENCES

760
*Goldschmidt*

1 — Plat en ancienne faïence de Faenza : Saint François ; marli à rinceaux.

300
*Goldschmidt*

2 — Plat en ancienne faïence de Faenza : Femme tenant un cœur ; marli à compartiments.

620
*Goldschmidt*

3 — Petit plat creux, orné d'un buste, avec scène de chasse au marli ; décor bleu. Faïence de Faenza. XVIIe siècle.

555
*Silvain*

4 — Plat en ancienne faïence de Deruta : Buste d'homme, avec motif rayonnant au marli ; décor bleu et à reflets métalliques.

750
*Stern*

5 — Plat en ancienne faïence de Castel-Durante ; au fond, une figure d'Hercule ; au marli, des trophées en grisaille sur fond bleu.

530
*Goldschmidt*

6 — Plat en ancienne faïence d'Urbino, présentant la Lapidation du blasphémateur.

2.900
*Goldschmidt*

7 — Plat, même faïence : Combat tiré de l'histoire de César.

8 — Coupe en faïence italienne du xvıı<sup>e</sup> siècle : Andromède.

9 — Coupe en ancienne faïence d'Urbino : Personnage assis, emplissant une coupe de sa gourde.

10 — Coupe en ancienne faïence d'Urbino : Tobie et l'Ange.

11 — Vasque, ornée de figures de fleuves et de sources, ainsi que de grotesques et de mascarons. Faïence d'Urbino du xvıı<sup>e</sup> siècle.

12 — Plaque, ornée de dieux marins. Ancienne faïence de Castelli.

13 — Plat, même faïence : la Mort de Caton, avec la date *1738*.

14 — Plat en ancienne faïence de Castelli : Andromède ; marli orné d'amours. Rehauts de dorure.

15 — Petite coupe : Personnages et armoiries. Ancienne faïence de Castelli, avec la signature *Gentili : 1755.*

16 — Plateau rond à sujet champêtre en ancienne faïence de Castelli.

17 — Coupe en faïence italienne du xvıı<sup>e</sup> siècle : Diane et Actéon.

18 — Plateau rond en terre vernissée, décor argenté à personnages et fleurs. Italie, XVIIe siècle.

19 — Plat, décoré sur fond bleu de grotesques, de trophées, de cornes d'abondance et d'un vase. Faïence de Castel-Durante (?).

20 — Plat à palmettes et imbrications. Ancienne faïence de Rhodes.

# IVOIRES

21 — Crosse en ivoire sculpté, composée d'un nœud et d'une tige d'époque romane, à décor représentant l'Entrée du Christ à Jérusalem, avec animaux dans un quadrillé sur le nœud. Ce nœud est surmonté d'une volute qui présente une figure d'évêque terrassant le démon, ainsi qu'une figure d'ange tirant un personnage de la gueule d'un dragon.

Haut., 32 cent.

22 — Grand triptyque en ivoire sculpté, décoré de dix bas-reliefs rapportés, de travail français du XIVe siècle, à sujets tirés de la Vie de sainte Agnès, compositions de nombreux personnages.

Haut., 43 cent.; larg., 29 cent.

*(Vente Spitzer, 1893.)*

23 — Cor en ivoire sculpté, décoré d'une multitude
de personnages et d'animaux se jouant au mi-
lieu de feuillages. Fin du xv⁰ siècle. Monture en
argent et émail translucide du xvi⁰ siècle.

Long., 47 cent.

*(Vente Spitzer, 1893.)*

24 — Diptyque en ivoire sculpté, d'époque gothique (?), à sujets tirés de la Vie du Christ et dis-
posés sous des arceaux à motifs gothiques :
l'Annonciation, la Crèche, l'Adoration des Mages,
la Présentation au Temple, la Flagellation, le
Calvaire, la Descente de croix, l'Ensevelisse-
ment du Christ.

25 — Bas-relief en ivoire sculpté, présentant une
scène de sacrifice. xvii⁰ siècle. Encadré.

26 — Bas-relief en ivoire sculpté, présentant la
Descente de croix. Allemagne, xvii⁰ siècle. Encadré.

27 — Figurine de femme assise en ivoire sculpté.
xvii⁰ siècle.

28 — Petit olifant en ivoire sculpté, à sujet d'animaux. xvii⁰ siècle.

29 — Couteau à manche d'ivoire sculpté, présentant Adam et Ève ; il contient deux petits compartiments s'ouvrant à secret. xvii⁰ siècle.

30 — Collier en ivoire sculpté, composé de motifs irréguliers.

31 — Pyxide en ivoire uni. Monture en argent.

32 — Pulvérin en ivoire gravé, à sujet de chasse.

33 — Petite plaque : Hercule et l'hydre, en corne sculptée.

34 — Étui cylindrique en ivoire, à décor d'animaux et de sirènes.

35 — Étui cylindrique, à décor analogue.

36 — Deux grains de chapelet, présentant chacun une tête humaine et un crâne accolés.

37 — Coffret en ivoire sculpté, à décor de rinceaux et oiseaux. Travail italien.

38 — Coffret plaqué d'os, à décor de personnages et animaux. Travail italien.

39 — Peigne en ivoire sculpté, de travail indien, décoré de trois personnages.

# ARMES

200
*Pauriac*

**40** — Fragment de dague du xvᵉ siècle. Un pommeau en cuivre gravé y a été rapporté.

**41** — Pulvérin, décoré de gros godrons, en cuir noir. xvııᵉ siècle.

*80*

**42** — Pulvérin en cuir noir gaufré, à décor de rinceaux et animaux. xvııᵉ siècle.

**43** — Pulvérin en cuir partiellement doré, à décor de rinceaux. xvııᵉ siècle.

**44** — Pulvérin lenticulaire en bois incrusté de nacre et d'os. Allemagne, xvııᵉ siècle.

*80*

**45** — Pulvérin lenticulaire en bois incrusté d'os et de cuivre. Monture en argent. Allemagne, xvııᵉ siècle.

*106*

**46** — Pulvérin en bois incrusté de nacre et de cuivre gravé, avec petite poche sur le côté. Allemagne, xvııᵉ siècle.

**47** — Pulvérin en corne de cerf gravée. Travail allemand.

**48** — Pulvérin de forme arrondie en cuivre, avec garniture d'argent.

49 — Amorçoir en bois sculpté, à sujet de chasse. XVIIe siècle.

50 — Amorçoir formé d'un fruit gravé, à sujet de combat. Monture en argent. Travail allemand.

51 — Amorçoir en fer ciselé et partiellement doré. à personnages et rinceaux.

52 — Arbalète à jalet en bois sculpté, aux armes de Médicis.

53 — Mousquet à rouet en bois incrusté de nacre, du XVIIe siècle. Avec batterie de cuivre gravé.

54 — Arquebuse à mèche en bois incrusté de nacre et de cuivre, du XVIIe siècle.

55 — Mousquet à rouet en bois incrusté de cuivre et de nacre. du XVIIe siècle.

56 — Fusil à silex en bois incrusté de cuivre et d'argent. Monture en argent. XVIIIe siècle. Canon de travail oriental.

57 — Fusil en bois sculpté avec plaques de cuivre. Canon de travail oriental et batterie à piston.

58 — Fusil sarde, décoré de rinceaux.

59 — Épée de ville, à garde partiellement dorée, à décor de rocailles et attributs. Époque Louis XV.

60 — Épée de ville, à coquille ajourée, décor de cannelures avec rehauts de dorure. Époque Louis XVI.

61 — Fragment de poignard avec fourreau en cuivre gravé et fer oxydé, à décor de personnages de style grec : Hercule et le sanglier d'Erymanthe, Eurysthée dans le tonneau, Adraste tenant le serpent.

62 — Épée à nombreuses branches de garde ciselées à rinceaux.

63 — Épée à quillons contournés et pommeau gravé.

64 — Épée à poignée partiellement dorée, à décor de bustes.

65 — Dague avec applications d'argent, à décor de fleurs et rinceaux.

66 — Dague, à décor de petits personnages et rinceaux; rehauts de dorure.

67 — Dague à poignée partiellement argentée, à décor de médaillons et palmettes.

68 — Esponton à lame peinte et dorée.

69 — Poignée d'épée, composée d'un pommeau, d'une coquille et d'une garde en argent et fer doré; décor de combats et de bustes.

70 — Sabre exécuté pour la Turquie et fourreau enrichis de verroteries.

# OBJETS VARIÉS

71 — Baiser de paix en argent niellé : la Mise au tombeau, la Résurrection. Ancien travail italien.

72 — Baiser de paix en bronze doré, contenant un bas-relief en argent : le Christ de pitié, du xviie siècle.

73 — Petite plaque en argent repoussé : Combat de cavaliers, portant le costume Louis XIII.

74 — Deux médaillons ovales ajourés, à sujets saints, du xviie siècle.

75 — Petite croix-pendeloque en or, partiellement émaillé vert, enrichie de petites roses. Travail espagnol du xviiie siècle.

76 — Médaillon en cuivre, contenant une petite plaque ronde gravée du xvie siècle, représentant la Vierge et l'Enfant Jésus.

77 — Médaillon-pendeloque en argent doré, à sujets allégoriques. xviie siècle.

78 — Médaillon rond en argent doré, ciselé en haut relief, à sujet de bataille, de style antique. Encadrement en argent partiellement émaillé.

79 — Médaillon rond en cuivre, contenant une plaque quadrilobée du xvi$^e$ siècle en argent gravé, présentant le nom de *S. Jehan*.

80 — Petit collier et paire de boucles d'oreilles en or ajouré, à décor de fleurettes. xvii$^e$ siècle.

81 — Petit carnet, avec reliure en argent ajouré et gravé, à personnages et animaux. Travail hollandais du xvii$^e$ siècle.

82 — Ceinture en argent doré, décor d'entrelacs et rosaces. xviii$^e$ siècle.

83 — Petite monstrance cylindrique en argent gravé et doré, à décor de petits balustres et de feuillages. En partie de travail allemand du xvii$^e$ siècle.

84 — Couteau à manche plaqué d'argent gravé, avec inscription latine. Allemagne, xvii$^e$ siècle.

85 — Retable en bois noir, orné de bas-reliefs en argent repoussé, présentant l'Annonciation, l'Adoration des bergers, la Piéta. xvii$^e$ siècle.

86 — Bocal sur pied et avec couvercle en argent doré, décor de bossages. Travail de Nuremberg, xvii$^e$ siècle.

87 — Bocal sur pied et avec couvercle en argent doré, en forme de fruit, supporté par une figurine. Allemagne, xvii$^e$ siècle.

88 — Coupe forme coquille, surmontée d'une figurine et supportée par un dauphin en argent. Travail allemand.

89 — Petit triptyque en argent gravé et doré, contenant un bas-relief en ivoire : la Vierge assise
portant l'Enfant Jésus.

90 — Bague en argent doré, présentant sur le cha-
ton une silhouette de femme. Époque Louis XVI.

91 — Quatre figurines en fer, avec incrustations
d'argent : Vénus, Saturne, Jupiter et Mercure.
XVIIe siècle.

92 — Étui à ciseaux en fer gravé, à fleurs et personnages.

93 — Petit grattoir en fer, avec plaques de nacre.

94 — Couteau à poignée de fer partiellement doré,
à rocailles, du temps de Louis XV.

95 — Tire-bouchon en fer ciselé. XVIIIe siècle.

96 — Plaque oblongue et bombée en fer ciselé, à
décor de rinceaux et personnages sur fond doré.
XVIIe siècle.

97 — Serrure à moraillon, à décor de motifs gothiques, avec groupe : la Vierge portant l'Enfant Jésus.

*122*

98 — Heurtoir, orné d'une statuette sous un dais,
de style gothique.

*680*

99 — Huit clés variées à motifs gothiques, à figures, monogrammes, etc.

*170*

100 — Serrure avec clef à peigne, décor de rinceaux.

*345*

101 — Croix en cuivre champlevé et émaillé de
Limoges, avec Christ en relief. xiv° siècle.

*210*

102 — Petite plaque en émail peint de Limoges,
xvi° siècle : Saint Jérôme. Cadre en cuivre.

103 — Médaillon rond en étain, à sujet de chasse,
de travail allemand du xvii° siècle.

104 — Petit bas-relief en étain, à sujet grotesque.
Allemagne, xvii° siècle.

105 — Petit bas-relief en lave sculptée, présentant
un personnage de style antique.

106 — Petit bas-relief sans fond en os sculpté :
Saint Georges et le dragon. xvii° siècle.

*180*

107 — Bas-relief en cire rosée, du temps de
Louis XVI, présentant une ronde d'enfants
nus. Encadré.

108 — Médaillon en schiste, orné d'un bas-relief en
cire : Buste d'homme de profil.

109 — Médaillon rond commémoratif, avec inscription, daté *1749* et signé : *Béguin de Paris*.
Dans une boite.

110 — Petit soulier en cuir, d'ancien travail italien.
Il a été garni d'argent gravé.

111 — Bas-relief en cuir : le Christ portant sa croix.
Allemagne, xvii<sup>e</sup> siècle. Encadrement de cuir.

112 — Coffret en cuir peint, à sujets saints dans des
médaillons. Travail italien.

113 — Grand étui cylindrique en cuir noir gaufré,
à décor d'animaux et rinceaux. xvii<sup>e</sup> siècle.

114 — Petit haut-relief en cuir, à tête humaine.

115 — Horloge de table, en forme de livre, en cuivre gravé et doré, à sujet saint, inscription et
date : *1595*. Allemagne, fin du xvi<sup>e</sup> siècle.

116 — Montre octogone en cristal, monture en argent doré; cadran et mouvement en cuivre
gravé d'*Estienne Hubert, à Rouen*. xvii<sup>e</sup> siècle.

117 — Petite horloge ronde en cuivre fondu et ciselé, ornée d'une figure de Génie endormi, avec
armoiries au revers. Travail allemand, en partie
du xvii<sup>e</sup> siècle.

118 — Boîtier d'horloge, de forme ronde, en cuivre ajouré et argenté, à décor de cariatides et rinceaux. xvii<sup>e</sup> siècle.

119 — Montre à double boîtier en argent, à décor de rinceaux; boîtier extérieur signé : *Dassier;* mouvement signé : *Fromanteel and Clarke.* xviii<sup>e</sup> siècle.

120 — Manche de couteau en bois sculpté, composé d'une figurine de Prométhée. xvii<sup>e</sup> siècle.

121 — Petite boite en bois sculpté, formée d'un groupe de personnages mythologiques. xvii<sup>e</sup> siècle.

122 — Petit médaillon rond en bois sculpté, à cariatides et rinceaux, du xvii<sup>e</sup> siècle.

123 — Groupe en bois sculpté et peint : Sainte Anne portant la Vierge et l'Enfant Jésus. Ancien travail allemand.

124 — Deux supports, en forme de lions assis, en ancienne dinanderie.

125 — Boucle de ceinture en cuivre, ornée de deux symboles d'évangélistes : le Bœuf et le Lion, en cuivre repoussé et doré. xiv<sup>e</sup> siècle.

126 — Petit Christ en cuivre, avec traces de dorure, du xvii<sup>e</sup> siècle.

127 — Coffret en cuivre gravé, à personnages et allégories des saisons. Avec la signature : *Michel Man*. Travail hollandais du xvii<sup>e</sup> siècle.

128 — Fourreau en cuivre ajouré et doré, à décor de figures et rinceaux. xvii<sup>e</sup> siècle.

129 — Couteau à manche de cuivre doré, surmonté d'un vase godronné, du xvii<sup>e</sup> siècle. Plaques d'argent niellé rapportées.

130 — Partie de retable en cuivre ajouré et doré, présentant des figures d'apôtres sous des arcades, ainsi que des médaillons à sujets saints. Allemagne, xvii<sup>e</sup> siècle.

131 — Calice en cuivre doré, à décor de têtes de chérubins et de feuillages, avec coupe en argent. xvii<sup>e</sup> siècle.

132 — Ostensoir en cuivre doré, à décor de feuillages avec parties émaillées sur la tige. xvii<sup>e</sup> siècle.

133 — Deux statuettes de satyres en bronze doré, un bras levé.

134 — Statuette en bronze vert de satyre porte-lumière, un genou à terre. Travail italien.

135 — Statuette de personnage romain debout en bronze, de travail italien, d'après la statuette antique, dite l'Orateur étrusque.

136 — Petit buste de personnage, couronné de lauriers, style antique. Bronze, d'ancien travail italien.

137 — Petite tête de chien en bronze, de travail italien.

138 — Petit socle en bronze doré, à motifs Louis XVI.